기획의 말

그리운 마음일 때 'I Miss You'라고 하는 것은 '내게서 당신이 빠져 있기(miss) 때문에 나는 충분한 존재가 될 수 없다'는 뜻이라는 게 소설가 쓰시마 유코의 아름다운 해석이다. 현재의 세계에는 틀림없이 결여가 있어서 우리는 언제나 무언가를 그리워한다. 한때 우리를 벅차게 했으나 이제는 읽을 수 없게 된 옛날의 시집을 되살리는 작업 또한 그 그리움의 일이다. 어떤 시집이 빠져 있는 한, 우리의 시는 충분해질 수 없다.

더 나아가 옛 시집을 복간하는 일은 한국 시문학사의 역동성이 드러나는 장을 여는 일이 될 수도 있다. 하나의 새로운 예술작품이 창조될 때 일어나는 일은 과거에 있었던 모든 예술작품에도 동시에 일어난다는 것이 시인 엘리엇의 오래된 말이다. 과거가 이룩해놓은 질서는 현재의 성취에 영향받아 다시 배치된다는 것이다. 우리는 현재의 빛에 의지해 어떤 과거를 선택할 것인가. 그렇게 시사(詩史)는 되돌아보며 전진한다.

이 일들을 문학동네는 이미 한 적이 있다. 1996년 11월 황동규, 마종기, 강은교의 청년기 시집들을 복간하며 '포에지 2000' 시리즈가 시작됐다. "생이 덧없고 힘겨울 때 이따금 가슴으로 암송했던 시들, 이미 절판되어 오래된 명성으로만 만날 수 있었던 시들, 동시대를 대표하는 시인들의 젊은 날의 아름다운 연가(戀歌)가 여기 되살아납니다." 당시로서는 드물고 귀했던 그 일을 우리는 이제 다시 시작해보려 한다.

기획의 말

그리운 마음일 때 'I Miss You'라고 하는 것은 '내게서 당신이 빠져 있기(miss) 때문에 나는 충분한 존재가 될 수 없다'는 뜻이라는 게 소설가 쓰시마 유코의 아름다운 해석이다. 현재의 세계에는 틀림없이 결여가 있어서 우리는 언제나 무언가를 그리워한다. 한때 우리를 벅차게 했으나 이제는 읽을 수 없게 된 옛날의 시집을 되살리는 작업 또한 그 그리움의 일이다. 어떤 시집이 빠져 있는 한, 우리의 시는 충분해질 수 없다.

더 나아가 옛 시집을 복간하는 일은 한국 시문학사의 역동성이 드러나는 장을 여는 일이 될 수도 있다. 하나의 새로운 예술작품이 창조될 때 일어나는 일은 과거에 있었던 모든 예술작품에도 동시에 일어난다는 것이 시인 엘리엇의 오래된 말이다. 과거가 이룩해놓은 질서는 현재의 성취에 영향받아 다시 배치된다는 것이다. 우리는 현재의 빛에 의지해 어떤 과거를 선택할 것인가. 그렇게 시사(詩史)는 되돌아보며 전진한다.

이 일들을 문학동네는 이미 한 적이 있다. 1996년 11월 황동규, 마종기, 강은교의 첫 시집들을 복간하며 '포에지 2000' 시리즈가 시작됐다. "생이 빛났고 힘겨울 때 이따금 가슴으로 암송했던 시들, 이미 절판되어 오래된 명성으로만 만날 수 있었던 시들, 동시대를 대표하는 시인들의 젊은 날의 아름다운 연가(戀歌)가 여기 되살아납니다." 당시로서는 드물고 귀했던 그 일을 우리는 이제 다시 시작해보려 한다.

뒷모습

문학동네포에지 051

이규리 시집

뒷모습

시인의 말

끌어모은 이삭들.
말(馬)안장에 얹어 보낸 뒤, 살펴보니
말(言)을 따라간 것들 거의 뒷모습이다.
뒷모습엔 눈물이 있다.
묵묵히 견딘 시간들이 있다.
그 측은한 모습들을 베끼고 옮겨보았으나
말은 없고 말이 많으니 그 수레 멀리 가진 못하겠다.

2006년 가을
이규리

개정판 시인의 말

말이 많았던 때는 불충분할 때일 것이다.
돌아보니 말이 많았다.
무성했던 시절이 다 무용한 건 아니겠으나
이후에
어떤 나는 남고 어떤 나는 버려질 것이다.
형식을 고심하는 동안
참을성 많은 저녁이 옆에 있어주었다.

2022년 9월
이규리

차례

3부

4부

5부

6부

1부

살얼음

한순간에 딱 멈췄다, 밤사이

누가 강물에 커다란 비닐 랩을 덮어놓았나
얇은 막이
파닥이던 물결을 재웠다
고요의 한판승,
물위에 거꾸로 박히던 나무들
황급히 뒤로 물러섰다

물인가 하면 물이 아니고
얼음인가 하면 온전히 얼음도 아닌
투명한 날
박빙의 승부란 말도 있듯이
꽝꽝 언 얼음보다 더 무서운
얇은 저 두께,
아무도 얼씬 못한다

얕은 풋잠도 꿈은 깊으리라
살얼음 덮이자 오랜만에 천장이 생긴
물고기와 물풀,
금호강 휘하 한 식솔들이
종일 말문을 꼭 닫았다

우듬지

나무 밑동을 안았는데 왜 우듬지가 먼저 기척을 하는지

언젠가 당신이 내 손을 잡았을 때 내게도 흔들리는 우듬지가 있음을 알았다

빠른 속도로 번지는 노을, 그 홍건한 물에 한철 밥 말아 먹었다 너무 뜨겁거나 매웠지만

상처라도 좋아라 물집 터진 진물에서 박하 냄새 맡던 저녁, 내 속으로 한 함지 되새떼 쏟아져 날았다

손닿지 않는 곳에 뭘 두었니? 당신을 숨긴 우듬지엔 만질 수 없는 새소리만 남아

어느덧 말라버린 무화과 꼭지처럼, 살이 쏙 내린 잔뼈로 이름만 얽어놓은 그곳, 닿을 수 없는

석유 냄새 때문에

오래된 난로 피울 때 진동하는 석유 냄새가
오히려 사람들을 붙들어놓고 있다
처음에는 냄새를 밀어내려
문을 열기도 하고
심지를 올렸다 내렸다 해보지만
석유 냄새는
추위와 추위를 못 견디는 사람 사이에 엉겨붙어 있다
냄새를 밀어내려다
어느새 냄새가 되어간다

냄새 속에선 냄새를 모른다
싫어도 못 보내는 사람처럼
냄새를 내보낼 수 있는 사람은 없다
보내려 하기에 못 보내는 것이다
난로가 달았다 식었다 반복하는 동안
우리 몸에 난 요철의 길로
알게 모르게 냄새는 자리잡는다
나에게 온 너도 그러했다

코스모스는 아무것도 숨기지 않는다

몸이 가느다란 것은 어디에 마음을 숨기나
실핏줄 같은 이파리로
아무리 작게 웃어도 다 들키고 만다
오장육부가 꽃이라,
기척만 내도 온 체중이 흔들리는
저 가문의 내력은 허약하지만
잘 보라
흔들리면서 흔들리면서도
똑같은 동작은 한 번도 되풀이 않는다
코스모스의 중심은 흔들림이다
흔들리지 않았다면 몰랐을 중심
중심이 없었으면 몰랐을 흔들림
아무것도 숨길 수 없는 마른 체형이
저보다 더 무거운 걸 숨기고 있다

수면 내시경

누군가 내 몸을 다녀갔다
심증은 있으나 물증이 없는,

아무것도 몰랐는데
뭔가 몸이 수상하다
침대 시트에 묻은 타액은 뭘 말하는 걸까

누가 내 몸을 만진 건 아닌지
배꼽 아래 흉터를 본 건 아닌지

천장에서 모든 것을 다 보았을 형광등도
형광등 자신은 한 번도 비추지 못한다

나만 모르고 다른 사람은 다 알고 있는 듯

나를 보지 못하는 건 내가 아니다
나를 볼 수 있는 것도 내가 아니다

꽃

돌확에 띄웠다가 시든 국화 건져낸다
꽃이 꽃을 버릴 때는 한 치 가차도 없어서
그 독한 냄새란
입양 보내는 어미 정 떼는 눈길만큼 매섭다
시커멓게 상한 꽃잎은
돌아서는 어미 눈가처럼 짓물러 있지만
꽃이 떠난 돌확의 퀭한 눈도 그만큼 젖거나 어둡다
보내고 떠나는 자리는
봉합 수술한 흔적처럼 없는 듯 남아
하릴없이 옆구리가 결리기도 한다
마음 준 자리마다 피운 게 꽃이라면,
꽃!
눈에 밟히지 마라
끝없다

흰 모습

눈송이 뭉쳐 가만히 들여다보면
설핏 무슨 기미가 어른거린다
너무 흰 것엔 그늘이 있지
보호막 같은 그늘

흰밥, 흰 고무신, 흰 상복, 흰 목련
모든 빛을 다 반사하므로 얻는다는
흰색은 사실 비어 있는 색
누군가 떠난 그늘의 색

눈 뭉쳐 등허리에 쑥 집어넣을 때
소스라치던 냉기는
눈의 그늘이었을까
눈물 그렁한 사람이 볼 수 있는
어쩌면 없는 짜안한 모습

서둘러 떠나는 사람을 더 오래 기억하듯
눈은 오래 머물지 않아서 그립고
그리움은 만질 수 없어서 멀다
만지면 없어지는 사람을
누가 미워할 수 있겠나

지금 몸이 좀 아파서

축구 경기가 주로 그러한데
경기 도중, 한 선수가 상대 선수와 부딪쳤을 때
무조건 아파 죽겠다는 표정부터 짓고 볼 일,
유리한 조건이 된다
내가 옹졸하여 당신을 화나게 했을 때도
되려 먼저 아픈 시늉을 하면
이상하게도 정말 몸이 아파오고
그러면 당신은 재빨리 풀린다
이 정도는 재치 있는 몸의 말,
……지금 몸이 좀 아파서……
라고 하면 누구나 촘촘하던 마음 비껴 길을 내준다
몸이 대우받는 일,
몸이 마음을 움직이게 하고
그 때문에 몸은 스스로 회복한다

천천2리

현동과 현서가 나뉘는 곳에
천천2리가 있다
거기서부터 빨대 속 같은 길, 누가 당기듯
빨려들어간다
쭈욱 빨아당기니 입안 가득 물이다

입안에 누가 뿌리를 박았나
꽉 잠겨 침이 가득 고여 있는 주산지
이곳에서 나무의 이름은
말하지 마라
말하면 다 비슷비슷해지는 노력들

오래 머금고 있으니 입안이 청태로 가득하고
쓰윽 당기니 앉은 채 몸을 푸는
산그늘처럼, 그늘 아래 꿈처럼
온몸 천천히 천년 물이다

예쁘기를 포기하면

TV에서 본 여자 투포환 선수나 역도 선수는 예쁘지 않다
화장기 없는 그 얼굴들은
예쁜 것을 뭉쳐서 멀리 던져 기록으로 바꾸었다
미모의 탤런트가 예쁘기를 포기하니 단박 연기에 물이 오르고
예쁜 데 신경쓰지 않는 라면집 아줌마가 끓이는 라면은 환상적이다
그런데 왜 여자는 예쁘기를 포기하지 못할까
그건 누가 가르친 게 아니다
아버지 돌아가시고 상복 입은 상주가 되어서도 나는
여러 번 거울을 보았다
표시 날 듯 말 듯 입술도 그렸다
뒤태까지 살피다 문상객과 눈이 마주쳤을 때
그 부끄러움 아직 화끈거리지만
모전여전, 여든 내 어머니도 아직 노인정 갈 때
입술을 몇 차례 그렸다 지웠다 한다
아무도 봐주지 않는데도 포기하지 않고 있다
놓으면 편한데 결코 놓지 못하는
그 힘도
말릴 수 없는 에너지라면 에너지다
세대를 건너오는 발그레한 불씨다

2부

유월 비

중앙내과 2층 회복실에서 링거주사 맞는다
유리창은 비 맞는다
창틀에 모여 머뭇거리다 떨어지는 비
주사기 대롱 속의 비
혈관으로 들어와 섞인다
사이랄까, 틈이랄까
링거주사 맞을 땐 몸속으로 주사액이 들어오는 게 아니라
한 땀 한 땀 간격이 들어오고
톡 톡 소리가 들어온다
한잠 푹 주무세요, 의사가 쓸데없는 곳을 만져 잠을 깨우지 않아도
간격과 소리 사이에서 잠이 툭 끊어진다
손짓 하나 바라보는 눈짓 하나
한 꽃피는 시간이나 따끔했던 연애도
끊어지지 않는 것 어디 있나
유월 비도 저렇게 끊어질 듯 내려와 닿고
한 생애를 위해 수만 컷의 필름이 서로 앙물려 있을 텐데
끊어지지 않는다면
목숨인들 여기까지 어떻게 왔을 건지
앞의 빗줄기가 뒤의 비를 마중하듯이

풍경이 흔들린다?

어금니 하나를 빼고 나서
그 낯선 자리 때문에
여러 번 혀를 깨물곤 했다
외줄 타는 이가 부채 하나로
허공을 세우는 건
공기를 미세하게 나누기 때문,
균형은 깨지기 위해 있는 거라지만
그건 농담일 게다
한쪽 무릎을 꺾으면 온몸이 무너지는 건
짐승만의 일이 아니다

지친 다리 끌며 가서 보았다
인각사 대웅전 기둥이
균형을 위해 견디고 있는 것을,
기우뚱 받친 버팀목까지도
서로 다른 쪽을 위해 놓지 않고 있는 믿음을,
처마끝에서 풍경은
그저 흔들리는 게 아니라
공기를 조절하며 추녀를 들어주고 있는 것이다
이따금 소리 내어 기둥의 안부를 확인하는 것이다

역류

참 이상하다 한 달에 서너 번 저 강물은 거꾸로 흐른다 내가 보고 있다는 걸 안다 역류라는 말 역행이라는 말도 있고 거꾸로 타는 보일러도 있지만 저 물줄기가 왜 그럴까

동에서 서로 가던 물살이 돌연 걸음을 바꾸는 건 그리움 때문일까 그리움도 주기가 있어 그 기간에는 누가 끌어내도 안 된다 쏟아진 노을에 흥건히 홑치마 적시며 따라가는 긴 생리처럼

그렇다 해도 이상하다 저 강물이 꼭 거꾸로 흘러야 할까 바람이 불어도 물결을 미는 건 또다른 물결, 아무래도 강물이 자꾸 뒤를 돌아보는 건 뭐 간절한 것이 그쪽에 있기 때문일 텐데

너무 짜게 먹어 물 들이켤까 급히 먹어 체할까 한번 되짚어가라고 부종을 막으라고 손짓 발짓 뒤를 당겼던 것인데, 그 암시를 물결이 알고 수심이 보고 바람이 들어 길을 돌리는 것이다

그 암시,

아, 어머니

발 지도

질척거리는 땅바닥
가려 딛다 비틀하는 동안
오른발이 빠졌다
젖은 양말 벗고 앉아 낯선 발바닥 들여다본다
멀어서 어두웠던 측은한 면적,
발바닥이 대한민국 지도다
경사진 길과 돌아나간 길,
쑥 꺼지거나 솟아오른 곳에
전국의 도로망이 있다
서른 개의 밤과 낮
아흔 개의 골목과 골목이
하루도 쉼없이 바닥을 지나갔을까
더러 동행이 있거나 수런거리는 잡담도 있었겠지만
결국 홀로 오르내렸던 능선과 골짜기에는
등정보다 실족의 기록뿐이다
그래도 한번 불러보고 싶다
누구 거기 있기는 한 건지
등본이고 초본인 꼬리 달고
옅은 굳은살에 박힌 건 또 무언지
일지도 없이
여태 헤매 다닌 길은 평발의 지지부진이지만
본 적 없는 본적지로부터
허리께 우묵 들어간 경유지를 지나고 있다
이 바닥을 잘 다스려야 한다는데,

바닥의 깊이를 아는 사람은
바닥을 친 사람이 아닐까
여태 바닥도 모르는,
무심한 지문이나 들여다보며
그걸 무슨 족적이라 말하려 하는지

몸한다

잔가지 겨우 너댓 개 뻗친
앳된 벚나무
종종 꽃 달고 있는 것 보면
물정도 모르는데 생리가 터진
초등 4학년짜리 딸아이 같고
꽃이파리는 딸아이 팬티에 번진
연분홍 자수 같다
꽃잎 한가운데
몇 낱 가슬하게 올라온 측은한 음모(陰毛) 더불어,

꽃피고 더럭 겁나던 봄
자꾸 뒷방으로 숨어들던 봄
햇살 따사로운데 더 추운 실내처럼
누가 꾸민 음모(陰謀)인지,
오슬오슬 떨며 덧옷 껴입고 나와
보는 세상
환하다가 이내 낯설다가

근데 왜 아무도 없지?

당나귀와 당나귀 같은 아이와

어느 집이나 자식 여럿이고 보면 순하고 좀 모자란 아이 있게 마련이다 그런 아이는 대개 왜소하고 병약해 거친 일이 피해간다 욕심도 없고 말썽도 안 피우는 아이 곁으로 똑똑하고 잘난 형제들 모두 모이는데, 있는 듯 없는 듯 당나귀가 꼭 그렇다 무거운 수레도 못 끌고 쟁기질도 서툰, 괴나리봇짐이나 덜렁 안장에 얹어보면 착하게 생긴 눈을 반쯤 뜬 채 몸에 비해 커다란 머릴 설렁인다 없으면 허전하고 곁에 있어야 맘이 놓이는 덜 자란 아이, 좀 모자란 것이 내도록 눈에 밟히는 것은 그 속에서 덜 자란 자기 모습 보기 때문일까 당나귀가 식구를 키우는 집, 칠 벗겨진 그 집 대문이 눈에 익다

벚꽃, 아프다

봄이라는 조산원
애비가 누군지도 모른 채
느닷없이 임신하고 곧이어 분만했네
조산인가봐
병원 복도 같은 군산 가도
간호사들이 뛰어가고 달려오고
종일 구급차가 지나가네
들어선 애도 떨어지겠네
숨은 애비들은 다 누구야
특수 조명 탓인가
마주치는 얼굴들 다 흰죽 같아
흐드러진 꽃 아래 이곳저곳 맘 솔기가 툭툭 터지네
옆사람
손을 잡고 풀쩍풀쩍 뛰었는데
끌어안고 어디 물컹 닿았는데
나중에 보니 모르는 사람이네
살아 반짝하는 날 며칠이냐고
내일은 내일 걱정하자고
풍선처럼 부풀어
추억은 이렇게 남기는 거야
손바닥만한 디카 속으로
폰카 속으로
꽃인 듯 사람인 듯 쭉쭉 빨아들이며
돌아갈 일 마냥 모르고

조산아들 종일 햇볕에 뉘어놓으며,

파티, 좋아하나요

우리도 더러 파티에 초대될 때가 있지요마는
파티는 잘나가다 뒤집어 섞는 파투 같아요
승강기에 오를 때부터 걸음이 엉키고
천장의 눈을 찌를 듯한 불빛
숨은 마음까지 들추어낼 듯 정수리에 쏟아지지요
빌려 입은 스커트를 자꾸 끌어내리다가
칵테일 잔을 떨어뜨린 건 그렇다 치구요
흐름을 못 짚어 테이블보에 걸린 것도 괜찮다 칩시다
결말은 너무 뻔하게 와서
조명 꺼지고 나면
황금 마차는 호박이 되는 것
평범한 부부들
돌아오는 차 안에서 누구 먼저랄 거 없이
쌈이 벌어지지요
허망함이 화풀이를 불러오는 그런 거
파티는 언제나 꿈이고, 연하의 남편이며
현실은 설거지 가득 쌓인 싱크대
말하자면
쌈박질은 꿈에서 현실로 내려오기 위해 필요한
사닥다리 같은 것
소리치지 마세요
우리는 결국 적응하잖아요
파티에서 돌아와 퍼질러앉은 채
통통 부은 발 주무르며 대뜸

식은밥 한술에 신김치 걸쳐 뚝딱 해내는
늦은 밤,
끄윽, 트림으로 펴지는 밤인걸요
봄밤인걸요

발목을 잡는다고

양포 삼거리 매점에서 판피린 한 병 샀다
삼월 바다,
깨질 듯 파래서 머리가 아프다
판피린 병에
바다가 들어찼을 것 같다 생각했다

봄 햇살, 경기할 듯 부신데
너무 부셔서 절반은 또 못 본다
사실 그것 때문에
번번이 속았던 날도 있다
부표들이다
부표에 뿌리를 대고 살아왔으니

드러나기 전에는 내일도 모른다
누가 바다에 가자고 했나
봄 바다 마을에선 꼭 미친 사람이 생긴다는데
어찌 견디라고
저 시퍼런 것 왜 자꾸 쫓아오나
넘어지고 일어나는 일생이 반복의 생리이다
삼거리식당에서 아구탕 먹고 얼굴이 붉어진 사람도
양포 삼거리 오면 새파래진다
중독된다
그래도 쉬 집으로 가지 못하는 사람들
말했지, 지긋지긋한 반복이 발목을 잡는다고

판피린 마시게 한다고

알고 보면

사랑하는 사람이 침묵할 때
그때의 침묵은 소음이다
그 침묵이 무관심이라 여겨지면
더 괴로운 소음이 된다
집을 통째 흔드는 굴삭기가 내 몸에도 있다
침묵이자 소음인 당신,
소음 속에 오래 있으면
소음도 침묵이란 걸 알게 된다
소음은 투덜대며 지나가고
침묵은 불안하게 스며든다
사랑에게 침묵하지 마라
외로운 사랑에게는 더욱 침묵하지 마라
알고 보면 아무것도 아닌 것,
건너편에서 보면 모든 나무가 풍경인 걸
왜 나무의 이름 때문에 다투고 있을까

3부

와리바시라는 이름

와리바시와 사타구니 사이
여자라는 상징이 있다
벌린다는 것, 좋든 싫든 벌려야 하는
그런 구조가 있다
여학교 때 체육 선생은
다리 벌리기 하는 아이들 등을 꾹꾹 눌러
나무젓가락 가르듯 해 기절시키곤 했다
꼭 그래야 했을까
간혹 젓가락이 반듯하게 나뉘질 않고
삐뚤어지거나 엇나가는 건
젓가락의 저항이다
말 못하는 다리의 저항이
삐끗 다른 길로 들게 했을까
와리바시란 이름 딱지 못 떼고
생을 마감하는 불운처럼
사타구니 불안을 영 마감할 수 없는
여자 이야기,
참 길고
질긴 이야기

그늘값

해운대 비치파라솔 한 채 5천 원,
멀리서 보면
멜라민 비빔밥 그릇들 엎어놓은 것 같지만
어쨌든 그늘값이다
5천 원 안으로 달짝지근한 몸뚱이들
슬슬 비벼지기도 하는,

그늘을 샀다지만 거기 무슨 경계가 있나
변덕스러운 월세방 주인처럼
자꾸 자릴 옮겨 앉는 감질나는 그늘,
깐죽거리는 햇살 따라가다보면
그늘은 파라솔 밖에 있거나 없거나
이참에 달아오른 몸들도 물속에 있거나 없거나

그늘은 그늘 아닌 데다가 그늘을 만든다
만질 수도 없는데 밀고 당기는 힘들,
마음 그늘엔 누가 자릴 차지하고 있나
접었다 폈다 하는 파라솔이 아니면
그늘은 원래 없었던 것
마음이란 것도 원래 없었던 것

그늘이 제 이름을 버리는 밤과 새벽이 오듯이
마음이나 그늘이나 5천 원이나,
자기도 모르게

접힌 바짓단에 숨어든 모래처럼
그렇게 들고 나는 것

탁본

깜빡 든 잠
베갯잇에 놓인 수가
잠 속을 한 바퀴 돌아나오더니
볼때기에 피었다
알지 못할 곳으로 무작정 가고 있을 때
한 힘이 다른 힘을 지그시 눌러
꽃피웠다
잠 속 뒤숭숭한 혼곤과 잡념이
밖으로 밀고 나온 것
떡살을 누르던 그 문양 그 힘이
잠 속에서도 어느 집 떡방앗간을 다스리는지
볼때기에 너끈히 피워놓았다
피어싱이나 문신보다 아름다우냐고
누가 물으면 대답하지 않지
설핏한 무늬가 말 대신 새긴 누군가의 뜻이라면
바람이 끝을 궁글린 꽃살문이나
지느러미가 다 닳은 암각화 속 물고기들도
베개 속 꿈이 걸어간 걸까
터져나오는 신음들
살아 꿈틀거리는 욕구들
그게 또한 꽃이라 저리 피었으니
브로치는 따로 달지 않아도 되겠다

말은 안으로 한다

남편을 먼저 보낸 김정혜월 여사를
노을이 보살핀다
그녀가 홀로 표충사 입구 산중턱에 집을 지은 것도
일몰 때문이다
여사는 일몰에 목을 헹구고 머리를 빗는다
누가 서쪽으로 집을 짓는가
기울어가는 것에 마음을 잇는가
털썩 떨어지는 저녁이 날날이 간곡해
그녀에겐
청상의 빛깔이 하나 더 있다
쪽염, 감염, 치자염, 홍화염에 눈물염이 덧들어
색색의 보자기들 털어 널면
질펀한 노을이 저속으로 온다
안으로 번지는 말들
화덕 위 찻물이 끓으면
눈은 자주 먼 곳을 본다
점점 더 먼 곳을 본다
한 번도 자신을 물들이지 않고
애꿎은 무명이나 모시만 적시고 널어,
몸이 말을 잃을수록
염색은 더 독한 때깔이다

낮달

무슨 단체 모임같이 수런대는 곳에서
맨 구석자리에 앉아 보일 듯 말 듯
몇 번 웃고 마는 사람처럼

예식장에서 주례가 벗어놓고 간
흰 면장갑이거나
포개진 면에 잠시 머무는
미지근한 체온 같다 할까

또는, 옷장 속
슬쩍 일별만 할 뿐 입지 않는 옷들이나
그 사이 근근이 남아 있는
희미한 나프탈렌 냄새라 할까

어떻든
단체 사진 속 맨 뒷줄에서
얼굴 다 가려진 채
정수리와 어깨로만 파악되는
긴가민가한 이름이어도 좋겠다

있는가 하면 없고, 없는가 하면 있는
오래전 흰죽 같은,

부록

가려져 있나 싶지만
뒤에 있어서 더 자유롭고
자유롭기 때문에 과감한 것 같다
원래 타고난 끼가 가볍고 발랄해
책임질 일도 없다
장자가 못 된 설움을 분방함과 바꾸어라
그냥 지나치다 잠시 자리잡았는데
월척이 올라온 것처럼
흘려놓은 상식들 주워 담다보면
저렴하게 행운을 만나기도 한다
근엄하게 폼 잡은 본문보다
가려운 등 슥슥 긁어주는 부록이
효자손이다
효자손은 효자가 아니지만 가깝고
부록은 본문이 아니지만 재미있다
부록처럼 살아온 당신,
오늘부터 당신이 주인공이다
조실부모한 이가 그렇듯이
어긋나며 넘어지며 단단해진다
일찌감치 당돌해
좌충우돌 더 깨질 것도 없다
정수리에 야구 모자 삐딱하게 눌러놓은
너,
말고 너 뒤!

님짜장

운문사 가는 길, 동곡 지날 때쯤
짜장면집 있다
입구 작은 입간판에 님짜장이라 적혀 있는데
님과 함께 가는 곳인지
이곳에 함께 가면 님이 되는지
님과 짜장이 어울리지 않는 것도 같고
억지로 어울린다 생각할 수도 있는데
어쨌든 님이라면 그저 마음들이 너그러워져서
님 보듯이 짜장도 먹고 싶어진다
호기심 반 설렘 반으로 식당 안에 들어서는 순간
님짜장이란 다름 아닌
스님 짜장의 머리글자가 지워진 걸 알게 되는데,
그 짧은 순간에 구성한 별별 상상력이 객쩍어
급히 떠올린 님을 슬그머니 내려놓는데,
기름진 고기 대신 스님 머리 버섯 듬뿍 넣은 게
이거야말로 님에게 먹이고픈 짜장 아닌가
주인은 그걸 아는지 모르는지
입간판 전혀 고칠 생각이 없는데
짜장면 먹다 생각해보니
우리에게 님은 잃어버린 지 하 오래여서
이때만이라도 님을 한번 생각해보란 뜻 아닌가 해서

비닐 까마귀

다친 까마귀가 차도 한가운데서
풀썩, 풀썩한다
차들의 속도 때문에 한 발짝씩 더 옮겨가는 듯 보이지만
이내 고요히 주저앉는다
납작해진다
가벼워진다

검은 비닐봉지 이리저리 밀려다닌다
아무 생각 없이 누가 그걸 쓰레기통에 집어넣는다
쓰레기통이 한번 풀썩
애도한다
차들은 여전히 제 속도로 달리고

아파트 입구, 낯익은 노점상 할머니
검은 비닐봉지 불쑥 내민다
잘 다듬어 말린 거라고
국이나 끓여 먹으라고
납작하다 가볍다
손을 넣으니 웬 우거지 같은
까마귀 날개,

국물 냄새

병실에는 몇 가지 서로 다른 것들이 뒤섞여
미지근하고 덜큰한 냄새가 난다
딱히 뭐라고 말할 수 없는
세상의 냄새지만 세상과 다른 냄새
각기 사연만큼 형편만큼 부려놓은 냄새가
피로와 함께 고여 있다
처음 들어올 때 역했던 냄새도
수련의들의 가운이 후줄근해지는 꼭 그만큼의 속도로
길들여지는데

위급에도 약간의 등급은 있어
자지러지는 냄새, 의식불명의 냄새, 장기 체류의 냄새가
각기 높낮이를 가지고 일렁이지만
냄새만큼 공평한 것도 없다
한쪽에는 절체절명의 시간이 있고
다른 쪽에선 민망하며 송구하며 돌아앉아
얼른 해결한 김치나 콩나물의 시간이 있다
그때 빠져나온 냄새들이
드나드는 사람들 염려와 위로에 착 스미는데,
국물 냄새다
바로 속 깊은 기억의 냄새다

그 곁에서 낮은 숨결이나
무겁게 가라앉아 그렁이는 맥박에도

냄새는 닮는다
국물 냄새야말로 또다른 수액이나 혈액일 것이다
역겹다는 생각은
간절함이나 안타까움이 이내 접수해버린다
소독약 냄새를 밀어낸 국물 냄새의 힘이
빠근한 시간들을 견디게 할 것이다
살게 할 것이다

일박(一泊)한다

바다를 찾아서 온 건 아니지만
바다가 곁에 있어
졸지 간에 일박한다

요즘 들어 참 쉬워진 일박들,
갈까 말까 망설임 지나
언제부터 무거운 신발을 벗었을까
언제부터 벗어둔 모자처럼 가벼웠을까

파도 소리 때문이 아니어도
여자들의 일박은 늘 내용이 많다
와글거리는 말들 물에 씻기는 돌처럼
자갈자갈
이제 그만 잘 때가 되었는데
잠들려 하면 또 한바탕 너스레가 적신다

잠들지 못하는 삼삼오오
이쪽저쪽 자맥질하듯 말꼬리를
놨다 들었다
옆사람 배에 다리 척 올려붙이듯
그런 방파제의 파도, 불쑥 또 집요하다

또하나,
하도 재잘대는 바람에

여태 멀리 있던 아침이
얼결에 두 번, 구름장을 연다

4부

만지면 아프겠다

이월,
대승사 절간에 아무도 없는데
적적 막막 그 사이
누가 숨어 있는 것 같다
대웅전 앞, 두 그루 목련
직전이다
곧 터질 것 같은 멍울,
만지면 아프겠다
까닭 없이 내 젖무덤도 탱탱해진다
누가 적막이 팽창한다는 걸 믿었을까
적막의 젖가슴이 저러하리라
터질 것 같은
찢어지고야 말 것 같은
백목련 솜털 유두 속에 적막 있고
적막 안에 자지러질 듯한 꽃의 비명
문턱까지 왔다
이월,
사람들은 여행하지 않는다
산문에 금줄 걸어놓고
지금은 다만 적, 막,
텅 빈 이월이 가득차 있음을
뒤에 오는 이가 말하게 되리라

날개, 무겁다

어젯밤, 창에 날개를 부딪고 죽은 나비
휴지로 곱게 싸놓았는데
아침에 보니 없어졌다

어떤 힘이 다시 날개를 달아주었는지
날개에 묻은 은가루 털며
막장 같은 세상 어디에
자신을 운구했을까

나는 자리가 곧 떨어지는 자리라고,
가볍다 믿었던 날개가
추락한 뒤에 보면 가장 무거운데
믿었던 것이 눈부신 허방이었는지

나비 날개에 눈멀어 내일을 잊은 건
바로 나의 이야기
유리창 너머 나비가 나를 보아왔다면
풀썩이는 내 모습이 주검 같지 않았을까

가묘가 된 거푸집 하나 들쳐메고
흰나비 그곳으로 갔다
창 너머 한 사람도 따라 나갔다

대낮

저게 언제 다 마르나 젊은 스님, 종일 절 마당에 널린 김부각 지킨다 햇볕보다 먼저 바람이 들쑤셔 스님 부각 위에 눈도장 꾹꾹 눌러놓는다 부각보다 먼저 달아나고픈 제 마음도 눌러앉힌다 어쩔까 망설이는 대낮,

무료해진 스님, 슬쩍 눈길을 먼산으로 피해주는데 커닝 타임 맞은 김부각들 기회를 타고 우르르 달아나다 무슨 생각에선지 주춤주춤 돌아와 앉는다 고쳐 앉느라 대열이 조금 비틀렸다

몇 번씩 절 문을 나서다 돌아서던 바람, 반복하는 동안 정수리가 딴딴해진다 다이어트한 여자의 날렵한 뼈처럼 찐득한 풀기 다 마른 몸들 가볍다 스님이 바람을 붙들고 바람은 젊은 스님을 풀어주고

젖는다

웃어도 찔끔, 걸을 때도 찔끔, 긴장하면 주룩 샌다는 일흔 어머니 요즘 우울하시다 세상에는 비도 새고 날도 새고 비밀도 새지만, 새는 것은 분명 누군가를 뭔가를 젖게 하지만, 오줌이 새는 일은 치사하게 김새는 일이다

집안의 틈 모두 막아내다가 생고무 같던 어머니의 막이 너덜해졌다 모로 누운 저 축축한 잠이 가파르고, 아무도 막아주지 못한 생애의 저음부, 수고는 꼭 따뜻하게 되돌아오는 것만은 아니다 어머니 숨어 기저귀 차다가 화들짝 놀란다 저 물컹한 자리 닿지 않았음 좋겠다 짓무른 아랫도리처럼 눈가가 불그레한 어머니, 혼자 오래 젖는다

,

‘잘 말하기는 반쯤 말하기’라고,
말하지 않은 반 토막이
아주 잠깐 캄캄한 반 뼘이
쉼표는 아닐까
반쯤만 말하고 아쉽게 헤어진 연인들이
돌아볼까 말까 머뭇거리다
결심한 듯 다시 제 속도로 묵묵히 가는,
그런 순간
말보다 더 큰 울림
반 이상의 말이 휴지부에 있다

길을 잠시 끊는 개울이나
산자락이 숨겨놓은 절벽과 계곡은,
쉼표다
잘 흐르는 문장에 쏙 내민 혓바닥처럼
아찔한 붉은 꼬리점
좀 힘들겠지만
남겨둔 반쯤이 내일을 물고 온다
쪽잠처럼 자세를 다 풀지 않는 휴식
쉬어 가라고, 좀 조절하라고
뭣보다 체하지 말라고
딱 한 음절, 한 걸음이
문장을 꽉 잡고 있다

연속극처럼

베토벤 〈월광〉이 좍 깔리면
저 드라마 속 남녀는 이별하게 돼 있다
누구나 다 안다
그런데 따지기 시작한다
누가 먼저 사랑한다 했으며
누가 먼저 헤어지자 했는지를,
차일 것 같으면 먼저 차라고 일러준 건
언니다
그런 언니도 예외 없이 차였고
〈월광〉이 깔릴 틈 없이 내 드라마도 내렸다
길섶 둥근 호박을 걷어찼다
데구루루 굴러갈 줄 알았는데
움푹 파이더라 하현이더라
드러나지 않을 뿐, 남녀는 만날 때부터
서로 파먹고 먹힌다
드라마가 특히 그렇다
비벼 치대는 동안은 모르겠지만
엿기름도 가라앉고 나면 웃물만 쓴다
시작은 끝을 물어오고
하현이 가까워지면
다시 한번 〈월광〉이
분위기를 쓰윽 잡아준다
서로 날을 들키는 순간, 황급히 감추는 순간
하현이다

자욱하게 하혈이다

서서 오줌 누고 싶다

여섯 살 때 남자친구, 소꿉놀이하다가
쪼르르 달려가 함석판 위로
기세 좋게 갈기던 오줌발에서
예쁜 타악기 소리가 났다

셈여림이 있고 박자가 있고 늘임표까지 있던,

그 소리가 좋아, 그 소릴 내고 싶어
그 아이 것 빤히 들여다보며 흉내냈지만
어떤 방법, 어떤 자세로도 불가능했던 나의
서서 오줌 누기는
목내의를 다섯 번 적시고 난 뒤
축축하고 허망하게 끝났다

도구나 장애를 한번 거쳐야 가능한
앉아서 오줌 누기는 몸에 난 길이
서로 다르기 때문이라 해도
젖은 사타구니처럼 눅눅한 열등 스며 있었을까

그 아득한 날의 타악기 소리 지금도 간혹
함석지붕에 떨어지는 빗소리로 듣지만
비는 오줌보다 따습지 않다

서서 오줌 누는 사람들 뒷모습 구부정하고 텅 비어 있

지만,

서서 오줌 누고 싶다
선득한 한 방울까지 탈탈 털고 싶다

삼각김밥

밥이란 둥글다고 여겨왔는데
왜 삼각일까
간밤의 말다툼이 가시지 않은 아침
일찍 나와 산책길 돌다 공원 편의점에서
삼각김밥 먹는다
싸늘하다
삼각관계란 말 때문일까
삼각김밥은 어째 좀 불편하다
밥을 싸고 있는 얇은 비닐도
주의해서 벗기지 않으면
밥과 김이 따로 논다
편의점에서 혼자 먹는 아침
마음에 도사린 각이 있어선지
유리창이 나를 다 보고 있어선지
밥 대신 유리 알갱이를 씹는다
핏물도 돌지 않는 마른 밥
밥이라고 베어먹은 각이
고스란히 속에 무덤을 만든 듯
삼각을 서로 포개면
차가웠던 아침 식사는
입안을 찔러대던 각은
뾰족한 무덤이 되었을까
오래된 피라미드처럼

화물 트럭 주차장

건영화물 주차장
볼일 보러 왔다가 무슨 마음인지
화물차 뒤칸에 기대어 초승달 본다
달은 맞은편 모텔 옥상에 비스듬 찔려 있고
네온사인이 줄줄,
샤워하는 물소리 들리는 듯하다
달이 음기라고, 음기가 부족하단 점쟁이 말 듣고부터
달만 보면 음기 먼저 생각난다
석수장이 눈깜짝이부터 배운다고
누가 몸을 가르치지 않았는데
달이 미끄러진다
영화의 한 장면 같은 화물 주차장과 모텔과 달,
트럭에 적재된 PVC 파이프와 샌드위치 패널
청바지 입은 누군가 스윽 다가설 것 같은
거친 풍경들이 밤을 밀어붙이고 있다
그사이 모텔 옥상 위 달은 간 곳 없고
붉은 네온 간판이 뒤를 수습한다

예행연습

운동장에서 매스게임 하는 아이들의 움직임이 허공을 열고 닫는다 가느다란 팔다리를 움직여서 헤쳐 모여 하는 동안 세상의 문자가 풀어지고 만들어진다 난이도가 시작되는 고리들, ㄱ ㄴ ㄷ ㄹ이 엮어갈 저편의 일들 아직은 모른 채 나폴나폴 다가가는 낯선 곳, 풀었다 엮고 밀었다 당기는 전장 같은 일의 고리들, 어디까지 가야 하는지 아직은 알 필요도 없는 때, 연습이 끝나면 애써 만든 문자들 툭 터버리고 우르르 달려가 엄마 품에 안긴다 일생이 예행연습인걸, 세상의 엄마들은 다시 아이들의 문자를 조합해 각기 다른 문장을 완성한다 좋은 문장 혹은 틀린 문장은 빛과 그늘을 내왕한 그 손놀림에서 나온다

가위

종이를 자른다
종이를 문 가윗날에 힘을 줄 때
종이는 가위에 맞선다
자르는 힘과 맞서는 힘 때문에
반듯하게 나가지 않는다
자르고 보면 한쪽이 기울거나
다른 쪽이 어긋나 있고
어긋난 쪽에 힘을 주면
다른 쪽이 다시 기운다
반듯하게 잘라야 한다는 생각이
방향을 흔들었던 것인데
정말 자르고 싶은 건
내 안의 구불텅한 마음 아닐까
가위질은 두 번 생각한 뒤 하라 했는데
성급히 잘라내다보니
뭘 잘라야 하는지 잊은 채
나를 다 잘랐다
잘못 살아온 날들이
땔감도 될 수 없는 파지들이
가윗밥으로 쌓여 있다

5부

사물함

청바지와 배꼽티를 입은 열여섯 살이
내 엄마래요
겨우 사춘기에 접어든 엄마는
생리대 빼버리듯
나를 툭 떨군 뒤 엉겁결에
신문지에 싸고 비닐에 담아
지하철 사물함에 넣었어요
죽은 나는 함 속에 뭉개져 있다가
나를 싼 신문을 읽기 시작했어요
바로 내 이야기들,
내 엄마보다 더 코믹한 사람들의 얘기가
구겨져 있었어요
요즘 여자들은 엄마 되기 싫은가봐요
납골당 같은 이곳이 나의 영원인가요
영원이란 길 건너편 대중식당 같은 거
오고갈 일 없지만
멀건 국물이라도 데워 훌훌 마시고픈 아침,
그래도 나를 버린 엄마 생각이 나네요
맹랑하고도 어여쁘게
뭐 이래, 주꾸미 같애!라고 말하던
내 엄마 말이에요

공휴일

지금 안 피면 다시 못 필 것처럼 개망초들
왕소금 말가웃으로 퍼부었다
그 풀밭 가장자리
시멘트 담 낮은 우리에 앞발 척 올리고
오래 한길 쪽을 내다보는 돼지들
무얼 기다리는 눈치다
생긴 모습이 동떨어져
절실한 게 없는 것처럼 보이지만
그래서 처량하다
체중을 다 실어 우리 밖으로 넘어간다 해도
바깥 또한 안과 다르지 않고
함부로 규정해놓은 돼지라는 이름은
이승에선 이미 손볼 수 있는 간극이 아니다
한참 내다보던 눈 돌려 앞발 내리고
질척이는 세상 구석 킁킁 냄새부터 맡아본다
밥통은 비어 있고 이런 형편쯤
이제 이골이 나 있기도 하다
단 한 번 의심할 겨를 없이
외관이 삶을 막아버린 지 오래,
더이상 심각해하지 않는다
단순해져 있으므로, 단순해야 하므로
질척이는 제단을 깔고 앉는 도량이 생겼다
그저 돼지감자나 돼지풀에게 물려준 이름이
미안하다고,

허전하다고,

그 비린내

먹다 둔 고등어 다시 데울 때
지독하게 비린내가 난다
두 번의 화형을 불만하는 그들의 언어다
이렇듯 한번 다녀갈 땐 몰랐던 속내를
반복하면서 알게 되는 경우가 있다

물간 생선 먹는 일같이
마음 떠난 사람과의 마주침이 그렇다
요행을 바라는 마음 없지만
커피잔에 남아 있는 누군가의 입술 자국처럼
틈이 하나 끼어든다

아까워서 먹었던 건 결국 비린내였나
등푸른 환상이었나
재워줄 뜻이 없으면
어디서 자느냐고 묻지 말라 했다
갑남을녀
서로 아닌 척, 아닌 게 아닌 척

남겨둔 생선,
남겨둔 너,
사향 냄새는 생리 주기도 당긴다는데
벼리면서 단단해진다는데
그런데, 두 번씩 달구어 비리디비린

마음아 넌?

매독

기차가 언제 멎는지 잘 모를 낡은 역사 앞에
매화 피었다
일찍 꺼내 입은 짧은 치마
종아리에 오는 바람 견디며
간신히 혼신으로 피어 있다
조기 입학한 아이의 등에 매달린 새 가방처럼
생경하고도 기특한 열림들
가지마다 종종 피었다
꽃잎에 입술을 갖다대다가
한 송이
따먹어본다
여린 습자지 같은 이파리에서 나는 독한 맛,
매독
梅毒,
어째서 생식기를 썩어들게 하는
바로 그 이름인지
병이 너무 가혹해서 꽃 이름 얹어준 걸까
아니면 아리따운 건 저렇게 독을 부른다는 걸까
또 있다
어느 먼 나라에서 건너와 우리가 마시는
붉은 술
매독,
퇴락해가는 역사에 대해
반복되는 생에 대해

저항하듯 눈썹 딱 세우고,

잘 가라, 환(幻)

먹어도 배부르지 않고
굶어도 배고프지 않은 그런 때가 있다
뭔가 휙, 지나가버린 때
주방 구석에 앉아 상추쌈 먹으며 울었다
쑥갓 두어 잎 얹어 먹으며 울었다
푸성귀처럼 퍼렇게 살아 있으리라 믿지는 않았지만
지나갔다,
막막해서 미어지도록 상추쌈 욱여넣었다
혀를 깨물었다 허가 씹혔다
치명적인 오류가 생겼을 때
아무 키나 누르면 회복되기도 하지만
그나마 남은 것 다 지워질까봐
노심초사 상추쌈만 삼킨다
쌈장에 찰지게 버무려진
환이라는 것
마늘 환, 양파 환, 참깨 환
꼭꼭 씹어 먹는다
내가 먹은 게 너였나
네가 먹은 건 나였나
가부좌 틀고 앉아 조롱한 너,
잘 가라, 환
속치마 레이스 같은 환을 걷어내면 문득
실핏줄 아른아른 비치는 늙음이 다가와 있을 거다
여기서부터 가파르다

거친 밥상 위
이제부터 제대로 맛을 아는 때라고
깊은 맛은 뒤에 안다고
넌지시 또렷하게 말하는,

소주 넥타이

시립 도서관 앞 간이식당
검은 가방 옆에 눕혀놓고
느슨해진 넥타이와 마주앉아
낮술을 한다
빈속에 소주 털자
내장이 찌르르 길이 하나 생긴다
울컥 나부낀다
넥타이 길이다
피차의 구조가 대동소이,
저 구불텅한 길이
오래
생활을 다스려왔겠다
식당 기둥에 '사정상 임대합니다'
핀으로 눌러놓은 한 줄 문구도
사정상 펄럭, 한다
임대되지 않는 낮술
임대할 수 없는 구조가 많아
이 봄엔 너나없이 제법 소주가 늘었다
길 났다
좁고 긴 늪을 지나는 뜨거운 시간을 봐라
지나온 길 휘어진 자리마다
거기 기대온 피붙이들처럼
창밖 철없이 매달린 나뭇잎
속 모르고

휘딱휘딱 또 뒤집는다

슬픔

꼬리가 몸의 열 배쯤 되는 새가 있다
새가 숲을 날아다닐 때
꼬리는 가지에 툭, 툭 걸린다
긴 꼬리 때문에 높은 곳에 앉아야 하는
새는,
번번이 땅의 먹이를 놓친다

눈에 잘 띄는 것은 죽음도 더 가까워,

꼬리가 뒤를 수식하는데
왜 뒤는 불안이었을까

돌고 돌다보면 결국
자기 꼬리는 자기가 밟는다
길거나 짧거나
밟히지 않으려다 밟고, 밟지 않으려다 밟히는
긴 고리, 꼬리

월정사 귀고리

우연히 여행 가방에 넣어 간 프리다 칼로 화집
밤늦도록 넘겨본 탓인지
이튿날 아침 눈 내린 전나무 숲길 지날 때
높은 가지에서 그녀가 툭 툭 떨어졌다

하얗게 부서진 살과 뼈들
눈송이 주무르듯 뭉치고 깎아
얼기설기 이어 박은 채
석탑처럼 10년 또 10년, 좌선하던 여자

월정사 팔각 구층 석탑
모서리에 달린 일흔두 개의 귀고리는
덜걱거리는 그녀 몸에 박힌 쇠못과 겹첩이다
몸이 내는 풍경 소리

구도는 일흔두 번쯤 하혈한 여자의 탄력 없는 자궁처럼 열리는 걸까
석탑 아래 피 냄새 맡은 이른 홍매
지저귀듯 촘촘
작고 붉은 귀고리 달았다

커튼

공공연한 비밀이지만
그래서 사실 비밀도 아니지만
가리면서 다 보여주는 것도
전략이다
아니라지만
모텔 입구 세차장 천막 같은 커튼은
해답 달린 문제지 같다
조급한 승용차
비닐 커튼 아래로 파고들면
검은 물체의 낯짝을
더러워진 자락이 쓰윽 쓸어준다
덕지덕지 묻은 묵인의 무게
두 눈의 무게,
언젠가 김 서린 고속버스 차창을
때 묻은 커튼 자락으로 슬쩍, 얼른 닦은 적 있다
훔쳐본 끈끈한 풍경들,
눈감은 채
커튼을 통과해 들어간 곳, 천국인가
말인즉슨
얼른 닦아내야 할 천국
떠들어댈 일 아니나
들어간 뒤 나오는 걸 못 봤다
나오는 길을 잃을 정도면
얼른, 슬쩍이라도

우렁이 속 환기할 수 없겠다

젖

방금 대웅전을 둘러본 한 패거리의 남자들, 불두화 앞에서 키들거린다 스펀지 넣은 뽕 브라자 같다느니 한 스물댓은 됐을 거라는 둥, 꽃송이째 손아귀에 넣고 조물조물한다 오랫동안 금욕에 들었던 꽃들, 불편해할 줄 알았는데 웬걸 머리를 꼿꼿이 든다 자기표현에 서슴없는 요즘 아이들 같다 음핵들이 촘촘히 박혀 한 덩어리를 이룬 저 꽃을 누가 부처의 머리로 보았을까 저기 평생 젖가슴 조물거려야 할 후생들의 업보는 키들거리는 손가락 안에 머물러 있다 해도, 저들이야 웃든 말든 꽃나무 옆 당간지주처럼 무뚝뚝해 있다가 슬그머니 다가가 꽃숭어리 어루어본다 저릿한 속살맛이다 말하지 않은 것들이 내 안에도 너무 많다

6부

어느 날, 우리를 울게 할

노인정에 모여 앉은 할머니들 뒤에서 보면
다 내 엄마 같다
무심한 곳에서 무심하게 놀다
무심하게 돌아갈,
어깨가 동그스름하고
낮게 내려앉은 등이 비슷하다
같이 모이니 생각이 같고
생각이 같으니 모습도 닮는 걸까
좋은 것도 으응
싫은 것도 으응
힘주는 일 없으니 힘드는 일도 없다
비슷해져서 잘 굴러가는 사이
비슷해져서 상하지 않는 사이
앉은 자리 그대로 올망졸망 무덤처럼
누우면 그대로 잠에 닿겠다
몸이 가벼워 거의 땅을 누르지도 않을,*
어느 날 문득 그 앞에서 우리를 울게 할,
어깨가 동그스름한 어머니라는
오, 나라는 무덤

* 브레히트의 시 「나의 어머니」에서 빌려옴.

뒷모습

어떤 스님이 정육점에서
돼지고기 목살 두어 근 사들고
비닐봉지 흔들며 간다
스님의 뒷목이 발그레하다
바지 바깥으로 생리혈 비친 때처럼
무안해진 건 나였지만
다시 생각해보니 이해 못할 바도 아니다
분홍색 몸을 가진 것
어쩌면 우리가 서로 만났을까
속세라는 석쇠 위에서 몇 차례 돌아누울
붉은 살들
누구에겐가
한끼 허벅진 식사라도 된다면
기름 냄새 피울 저 쓸쓸한 부위는
나에게도 있다
뒷모습은 남의 것이라지만
참혹할까봐 뒤에 두었겠지만
누군가 내 뒷모습 본다면
분홍색으로 읽을 것이다
해답은 뒤에 있다

봄, 싫다

백골 단청, 하얀 절 한 채
지금 막 무너지고 있다
그걸 받아 안는 한낮
무너져도 소리가 없다 저걸
누가 고요라 했겠다
언제 왔다 갔는지 만개한 벚나무 아래
신발 한 켤레

봄마다 땅속으로 마약을 주사하는지
이맘때, 거품 물고 사지를 틀다
몸서리 잦아드는
마흔 노총각이 있지
깜빡 까무러진 대낮이 있지
백약이 무효한 청춘 덤불처럼 걷어내고
이내 어깨를 허문 잠,
누가 고요라 했겠다
더이상 속지 말자
해놓고 속는 게
꽃 탓이라 하겠나
너무 가까워서 안 보이는 것도 있지
취하게 하는 건 향이 아니라
취하고 싶은 제 뜻일 텐데

그래, 나무가 언제 꿈 피웠나

3면과 4면 사이

전철에서 옆사람이 읽고 있는 신문을
곁눈으로 따라 읽는다
반경의 눈이 자연스레 그곳으로 쏠린다
지진과 해일이 덮친 기사,
차가 덜컹거릴 때마다 조금씩 어긋나는 지층을
저마다 재빨리 찾아 잇기도 하고
비탈진 모서리는 안간힘으로 따라가기도 한다
한참을 쏠쏠하게 보고 있는데 갑자기
옆사람, 신문을 반으로 접고
다시 반으로 척 접더니
선반에 던진다
한창 꽂혀 있던 눈들이 빠져나오지 못하고
순식간에 신문 속에 끼여버렸다
전동차와 승강장 사이 끼인 발처럼
3면과 4면 사이 납작하게 접혀 들어간 눈,
우연은 발목 접듯이 그렇게 오지만
우연이란 게 꼭 우연이기만 하나
누구의 뜻도 아니게
가랑이가 찢어진 시선도 있고
천신만고 되돌아온 시선도 있고
실종된 시선도 있지만
한 량 한 량 이어져 덜컹거리며 하루를 가다보면
신문을 읽던 주위의 눈들 어느 날
신문 기사 속의 명단이 되고

출근길 또다른 전철 내의 시선들이
무덤덤하게 짐짓 놀라며
또다른 우연들을 읽고 있지 않을까

아직 때가 안 돼서

덜 익은 풋감 이르다 싶게 따서
나무 아래 툭툭 던지면
생속인 감은 흠집 하나 들이지 않는다
토라진 오기가 똘똘 뭉쳐
땅을 받아들이지 않는다
아직 아무런 준비도 없는데 찾아온
젊은 죽음 앞에
입 꼭 다문 가족들 마음 그렇다
부은 눈두덩 찬물로 조근조근 달랠 때까지
앙다문 입 열 수가 없겠다
풋감이 삭는 시간보다 더 오래,
노을이 마을을 휘감아 울음을 다독인다 해도
아직 때가 안 된 일들,
차마 마중하거나 배웅하기 이른 일들의 속은 저리 퍼렇겠다
감 꼭지가 가지를 꽉 물고 떨어지듯이
젊은 상주 맘 뱉을 데 없어
풋감처럼 돌아져 운다
그쪽으로 지나가는 시간 오래 더디고
굶은 저녁의 아가리 컴컴하다

젊은 의사가 좋긴 한데

내가 다니는 한의원 의사는 젊다 새파란 사람이 알면 얼마나 알겠느냐고 말들 하지만 나는 뽀얀 얼굴만 봐도 반쯤은 낫고, 주책없이 설레는 마음으로 또 반을 건진다

진료실 책상 위에 놓인 인체도, 주근깨 다닥다닥 붙은 자리가 경혈과 경락이다 바깥은 멀쩡해도 몸속엔 발 달린 벌레가 기어가다 죽어 있는 곳

내가 그 나무처럼 사지를 뻗고 누우면, 그는 뿌리와 가지와 잎을 거치며 손끝으로 죽은 곳을 눌러 벌레 소리를 꺼낸다 그동안 그 무슨 전생인 양 몸이 잠깐 저 혼자 떠났다 돌아오고

건반 어디에서 병 깊은 소리가 나는지 새파란 의사가 듣게 되는 건 발가락이 다 뭉개진 비둘기 울음일 텐데, 철없는 참새 모양 그 잠시 마음 분주했다 비둘기든 기러기든 기왕이면 젊은 의사가 좋지만, 글쎄 이제 그 병원, 못 가겠다

이런 일,

그 무슨 암시도 없이
섹스하는 꿈을 꾼 새벽, 화들짝 일어나니
꿈인 듯 생시인 듯 잠시 흐릿한데
얼른 옆자리 보니
남편이 곤히 자고 있다
아—
들통난 연애처럼, 흙구덩이에 구른 것처럼
민망하다
꿈속 대상이 분명 남편은 아닌데
누굴까, 한번쯤 스친 사람일까,
무슨 심사인지 그게 궁금해 곰곰 생각해내려 해도,

참, 가당찮은 상상을, 해몽을 해대며
다시 잠을 청해보지만
그 꿈속을 더듬고 있다
꿈을 핑계로 가보고 싶은 길이 있나
내 안에 숨겨놓은 벌건 아가리를
나도 모르는 척하는 건 아닐까

저 안에 뭔가 분명 숨어 있는지
어두운 갱도 속에서 반짝 빛나는 한 점을 향한
맹목의 돌입을 보듯, 너나없이
허방이라 말하며 들이밀고 있는
실시간 참 희한한 답습을 보라

꿈속까지 따라온 사람이라면
그 또한 먼길 고단한 인연일 텐데
그렇다면
옆에 자고 있는 이 사람은,

돌아간다

아까부터 하얀 고리가 돈다
강변 체육공원에서 훌라후프 저 혼자 돌아간다
사람은 보이지 않고 흰 고리만 오래 계속 돈다
수금지화목,
토성의 고리처럼
누가 벗겨내기 전까지
저 반복되는 회전엔
체중 감량의, 체력 증진의 복합 성분이 있지만
그냥 돈다, 돌아간다
돌아가는 모든 것
내가 돌리는 게 아니다
몸을 축으로 도는 우주, 마음을 축으로 돌리는 삼라만상,
큰 덩어리도 작은 한 점에서 시작되고 끝나는 걸
돌다보면 멈출 수 없는 데까지 간다
누가 도는지 모르는 그 지점,
그냥 두어라
돌아 돌아온 육십갑자도 어디 제 뜻이었을까
돌다보면 내가 도는지, 내가 돌리는지
어쨌든
멈출 수 없는 관성의 고리
강변이, 공원이, 훌라후프가 혼자 빙빙

물 이야기

잘못 쏟아버린 물이
상가 앞 인도에 흥건하다
기다린 듯 맹추위가
재빨리 물을 살얼음으로 바꾼다
이 길로 학원 가는 아이들 미끄러질까
더 얼기 전 비로 쓸어내니
움푹한 데로 얼음물 고인다
때맞춰 어디서 왔는지 꽁지 긴 새 한 마리,
두려움 없이 그 물 찍어 먹는다
오래 가물었구나
저 속이 갈급해 두려움조차 잊었으니
천천히 먹도록 떨어져서 망을 봐주었다
망보는 나를 누가 또 봐주었다
잘못 쏟은 물이 아니었다
새 한 마리를 씻어준
새 한 마리가 나를 씻어준
환한 물

추위 속을 들여다보다

천인국을 친친 감고 올랐던 댕댕이덩굴
어떤 가문이 이웃해와서
서로 껴안은 채 바싹 말라 있다
밀어내고 감겨들던 것들이
누가 누군지 모르게 한몸이 되어 있다
시누이와 올케가 서로 흘기다
다른 사람들 앞에서는 같은 편이 되어주듯
미워하면서 한몸이 되는 일
대궁 속을 다 비워내고서야 허락하고 있다
굳이 서로의 이름을 알려 하지 않는 최후는
고요하다
발끝으로 툭 차니 동시에 힘을 푼다
한 인연이 살다가 저렇게 가도 좋겠다

문학동네포에지 051

뒷모습

© 이규리 2022

초판 인쇄 2022년 9월 23일
초판 발행 2022년 10월 3일

지은이 — 이규리
책임편집 — 김동휘
편집 — 김민정 유성원 권현승
표지 디자인 — 이기준 최윤미
본문 디자인 — 이원경
마케팅 — 정민호 이숙재 김도윤 한민아 정진아 이민경 우상욱
정유선 김수인
브랜딩 — 함유지 함근아 김희숙 고보미 박민재 박진희 정승민
제작 — 강신은 김동욱 임현식
제작처 — 영신사

펴낸곳 — (주)문학동네
펴낸이 — 김소영
출판등록 — 1993년 10월 22일 제2003-000045호
주소 — 10881 경기도 파주시 회동길 210
전자우편 — editor@munhak.com
대표전화 — 031-955-8888 / 팩스 — 031-955-8855
문의전화 — 031-955-2696(마케팅), 031-955-8875(편집)
문학동네카페 — http://cafe.naver.com/mhdn
인스타그램 — @munhakdongne / 트위터 — @munhakdongne
북클럽문학동네 — http://bookclubmunhak.com

ISBN 978-89-546-8891-8 03810

www.munhak.com

문학동네